KB232848

파꽃

국립중앙도서관 출판시도서목록(CIP)

파꽃 / 지은이: 안도현. -- 양평군 : 시인생각, 2013
 p. ; cm. -- (한국대표명시선 100)

"안도현 연보" 수록
ISBN 978-89-98047-79-5 03810 : ₩6000

한국 현대시[韓國 現代詩]

811.62-KDC5
895.714-DDC21   CIP2013012935

한 국 대 표
명 시 선
1 0 0

안 도 현

파꽃

시인생각

1985년부터 2012년까지 출간한 10권의 시집에서 예순두 편을 골랐다.

돌아보는 것은 앞으로 나아가기 버거울 때 나타나는 악습이다.

그래서 애써 돌아보지 않으려 한다.

아직 길의 끝에 이르지 않았다.

2013년 7월

안 도 현

시인의 말

1

2

1

너와 나

밤하늘에 별이 있다면
방바닥에 걸레가 있다

낙동강

저물녘 나는 낙동강에 나가
보았다, 흰 옷자락 할아버지의 뒷모습을
오래오래 정든 하늘과 물소리도 따라가고 있었다
그때 강은
눈앞에만 흐르고 있는 것이 아니라 비로소
내 이마 위로도 소리 없이 흐르는 것을 알았다
어릴 적의 신열身熱처럼 뜨겁게,

어둠이 강의 끝 부분을 지우면서
내가 서 있는 자리까지 번져오고 있었다
없는 것이 너무 많아서
아버지 아무 말씀도 하지 않으시고
낡은 목선을 손질하다가 어느 날
아버지는 내게 그물 한 장을 주셨다

그러나 그물을 빠져 달아난 한 뼘 미끄러운 힘으로
지느러미 흔들며 헤엄치는 은어 떼들
나는 놓치고, 내 살아온 만큼 저물어가는
외로운 세상의 강안江岸에서
문득 피가 따뜻해지는 손을 펼치면
빈 손바닥에 살아 출렁이는 강물

아아 나는 아버지가 모랫벌에 찍어놓은
발자국이었다, 홀로 서서 생각했을 때
내 눈물 웅얼웅얼 모두 모여 흐르는
낙동강
그 맑은 마지막 물빛으로 남아 타오르고 싶었다

서울로 가는 전봉준 全琫準

눈 내리는 만경 들 건너가네
해진 짚신에 상투 하나 떠가네
가는 길 그리운 이 아무도 없네
녹두꽃 자지러지게 피면 돌아올거나
울며 울지 않으며 가는
우리 봉준이
풀잎들이 북향하여 일제히 성긴 머리를 푸네

그 누가 알기나 하리
처음에는 우리 모두 이름 없는 들꽃이었더니
들꽃 중에서도 저 하늘 보기 두려워
그늘 깊은 땅속으로 젖은 발 내리고 싶어하던
잔뿌리였더니

그대 떠나기 전에 우리는
목쉰 그대의 칼집도 찾아주지 못하고
조선 호랑이처럼 모여 울어주지도 못하였네
그보다도 더운 국밥 한 그릇 말아주지 못하였네
못다 한 그 사랑 원망이라도 하듯
속절없이 눈발은 그치지 않고
한 자 세 치 눈 쌓이는 소리까지 들려오나니

그 누가 알기나 하리
겨울이라 꽁꽁 숨어 우는 우리나라 풀뿌리들이
입춘 경칩 지나 수군거리며 봄바람 찾아오면
수천 개의 푸른 기상나팔을 불어제낄 것을
지금은 손발 묶인 저 얼음장 강줄기가
옥빛 대님을 홀연 풀어헤치고
서해로 출렁거리며 쳐들어갈 것을

우리 성상聖上 계옵신 곳 가까이 가서
녹두알 같은 눈물 흘리며 한 목숨 타오르겠네
봉준이 이 사람아
그대 갈 때 누군가 찍은 한 장 사진 속에서
기억하라고 타는 눈빛으로 건네던 말
오늘 나는 알겠네

들꽃들아
그날이 오면 닭 울 때
흰 무명띠 머리에 두르고 동진강 어귀에 모여
척왜척화 척왜척화 물결소리에
귀를 기울이라

들불

눈 내리지 않아 속이 쓰리냐
모진 밤 홀로 개어 들불이
섣달 삭풍을 다독거리며
끈끈히 어디로 가는 것을 보았다
코흘리개 버짐머리 알록달록 땟국 조무래기들
바둑이 멍멍이 누렁이 검둥이 도꾸 똥개들
하늘 속의 눈송이도 부르며
금 간 김제 만경 들을 맥 짚는 것을

삽 한 자루 귀한 줄 모르고
배 위에 배꼽 띄운 채 나자빠진 놈
문전옥답도 자고 나면 쑥대밭 되리
또한 쇠스랑 무서운 줄 모르고
물방개같이 잘도 까부는 오사리잡놈
부귀영화 대감놀음도 때가 오면
피바다 되리니

돌이키지 못할 속병은 날로 깊어가리니
여기서 들밥 맛있게 먹던 소작인 아버지들
밥 먹으면 물 떠다주던 어머니들

그늘에서 떼죽음같이 잠들던 이웃들
뼈 붙은 데마다 신경통이 오는구나
이 흉흉한 땅 눈발로 쑤시는구나

들꽃아
씨름꽃아
발 벗고 뛰어나와 이 불을 넘으라
겨울은 우리 언 귀를 날 세우는
좋은 숫돌인 것을 노여운 사랑노래인 것을
강물이라도 몇 사발 들이켜야겠다고
저녁밥 김칫국 벌겋게 말아먹고
눈 맞으며 봉두난발
들불은 가는구나

새벽밥

동 트기 전에
죽은 듯이 누웠다가 문득
벌떡 일어나 먹는 밥
지난 밤보다 더 큰 밤이 오기 전에
해야 할 일이 많은 사람
밥을 먹는다
새벽밥이여

혼자 먹는 밥
숨죽이며 먹는 밥
분명히 떠나갈 사람이 먹는 밥이여
몸서리치며 먹는 밥이여

남 몰래 신새벽에
그대 왜 홀연히 깨어 앉아
식구 없는 밥상을 앞에 하는가
따스함이랑 그리움이랑 기꺼이 눌러 죽이고
맨손으로 가자
돌아올 길을 생각하지 말자
끝내 닿아야 할 나라로 가는

아직은 춥고 어두운 길을 보는가
눈물도 없이 먹는다
새벽밥이여

조선 천지 이 집 저 집
벌떡 벌떡 일어나서
한 등씩 불 밝히고 밥 먹는 사람이여
그대 가르고 갈 바람 속에 놓인
시퍼런 한 그릇 밥
새벽밥이여

청진 여자

내가 사는 남쪽 나라
쓸쓸한 눈 내리면,
미군 없는 청진항에서
헌 자전거 한 대 빌어 타고
퍼붓는 눈발을 따라가서
어둠을 털어내는 전등을 밝힌 집
백설기 같은 김이 하얗게 서린
유리문 열고 들어서면
갈탄 난로가 뜨거운 집
이름도 버리고 돈도 없이 왔노라고
내가 등 푸른 한 마리 정어리로
당신과 헤엄치고 싶다 말하면
동해 같은 자궁을 열어주는
사랑이라는 말보다 더 아름다운
청진 여자, 그녀와 하룻밤 자고 싶다
봄에 눈이 온다는
물 맑은 청진항 부근에서
꿈의 벌레 같은 눈송이들이
이부자리를 따뜻하게 적시는 밤
아내를 남쪽에 두고

나는 죄짓는 마음도 모르고
헝클어진 머리카락 미역냄새를 맡으면
부끄럼 없이 굵어지는 어깨와 팔뚝
한반도의 허리를 꼭 껴안듯이
더 깊은 신천지 속으로
힘차게 나를 밀어 넣으면
온 바다로 파도치는
청진 여자, 그녀와 하룻밤 자고 싶다
내가 사는 남쪽 나라
쓸쓸한 눈 내리면,
모든 것을 다 주어야
비로소 하나 되는 날
그 설레이는 첫새벽에
동해 붉은 해 같은 아이를 낳아
넘치는 젖을 물리게 될 청진 여자여,
우리는 간섭받지 않는
부부가 되고 싶다.

수박

낡은 슬레트 지붕 너머
해는 뒤뚱 기울고
일 나갔던 개똥이네 검은 아버지는
휘영청 수박 한 덩이를 사들고 돌아오시었다
막노동으로 뜨거워진 아버지 같은 수박을
개똥이가 자지 달랑거리며 목욕하던 고무다라이에
둥둥 띄워놓고
찬물에 한술 뚝딱 식은 저녁밥 말아 먹고
돌아서서 질탕스레 트림 한번 하고 나서
어머니는 내일 먹자 하시지만 개똥이는 수박을
입에 넣으면 시원하고 달콤한 것을
씨앗을 골라 뱉지 않아도 똥을 누면 그냥 쏙 빠져나오는 것을
자꾸 먹고 싶어 통통거리는 것이었다
먹고 없으면 또 사먹지 하시는 아버지는
선풍기 틀어둔 채 어느새 잠이 들고
귀가 찌그러진 쟁반 위에 부엌칼 옆에 식구들 사이에
그놈은 떡개구리같이 와서
개똥이네 둥글디둥근 목숨들도 은근히 둘러앉아 기다리는데
마침내 수박은 쩍
벌겋게 부끄럼도 없이 갈라져 속살을 내보이는데

보름달을 반달로 반달을 그믐달로 그믐달을
까만 씨앗 같은 어둠으로
할머니는 우물우물 어머니는 가만가만 누나는 조금조금
개똥이는 와그작와그작 먹기 시작하였다
턱에 붉은 물이 흐르도록 배꼽이 없어지도록 먹고
마지막 머뭇거리는 한 조각까지 먹고
꿈같이 잠자리에 누운 개똥이는
어는 때인가 사타구니 휘감는 오줌발소리를 들으며
누군가 흔들어 깨우는데 두 눈을 꽉 감고 있었다

모닥불

모닥불은 피어오른다
어두운 청과시장 귀퉁이에서
지하도 공사장 입구에서
잡것들이 몸 푼 세상 쓰레기장에서
철야농성한 여공들 가슴 속에서
첫차를 기다리는 면사무소 앞에서
가난한 양말에 구멍 난 아이 앞에서
비탈진 역사의 텃밭 가에서
사람들이 착하게 살아 있는 곳에서
모여 있는 곳에서
모닥불은 피어오른다
얼음장이 강물 위에 눕는 섣달에
낮도 밤도 아닌 푸른 새벽에
동트기 십분 전에
쌀밥에 더운 국 말아 먹기 전에
압록강 건너기 전에
배부른 그들 잠들어 있는 시간에
쓸데없는 책들이 다 쌓인 다음에
모닥불은 피어오른다
언 땅바닥에 신선한 충격을 주는

훅훅 입김을 하늘에 불어넣는
죽음도 그리하여 삶으로 돌이키는
삶을 희망으로 전진시키는
그날까지 끝까지 울음을 참아내는
모닥불은 피어오른다
한 그루 향나무 같다

그대에게 가고 싶다

해 뜨는 아침에는
나도 맑은 사람이 되어
그대에게 가고 싶다
그대 보고 싶은 마음 때문에
밤새 퍼부어대던 눈발이 그치고
오늘은 하늘도 맨 처음인 듯 열리는 날
나도 금방 헹구어낸 햇살이 되어
그대에게 가고 싶다
그대 창가에 오랜만에 볕이 들거든
긴 밤 어둠 속에서 캄캄하게 띄워 보낸
내 그리움으로 여겨다오
사랑에 빠진 사람보다 더 행복한 사람은
그리움 하나로 무장무장
가슴이 타는 사람 아니냐

진정 내가 그대를 생각하는 만큼
새날이 밝아오고
진정 내가 그대 가까이 다가가는 만큼
이 세상이 아름다워질 수 있다면
그리하여 마침내 그대와 내가

하나 되어 우리라고 이름 부를 수 있는
그날이 온다면
봄이 올 때까지는 저 들에 쌓인 눈이
우리를 덮어줄 따뜻한 이불이라는 것도
나는 잊지 않으리

사랑이란
또 다른 길을 찾아 두리번거리지 않고
그리고 혼자서는 가지 않는 것
지치고 상처입고 구멍 난 삶을 데리고
그대에게 가고 싶다
우리가 함께 만들어야 할 신천지
우리가 더불어 세워야 할 나라
사시사철 푸른 풀밭으로 불러다오
나도 한 마리 튼튼하고 착한 양이 되어
그대에게 가고 싶다

저물 무렵

저물 무렵 그 애와 나는 강둑에 앉아서
강물이 사라지는 쪽 하늘 한 귀퉁이를 적시는
노을을 자주 바라보곤 하였습니다
둘 다 말도 없이 꼼짝도 하지 않고 있었지만
그 애와 나는 저무는 세상의 한쪽을
우리가 모두 차지한 듯 싶었습니다
얼마나 아늑하고 평화로운 날들이었는지요
오래오래 그렇게 앉아 있다가보면
양쪽 볼이 까닭도 없이 화끈 달아오를 때도 있었는데
그것이 처음에는 붉은 노을 때문인 줄로 알았습니다
흘러가서는 되돌아오지 않는 물소리가
그 애와 내 마음 속에 차곡차곡 쌓이는 동안
그 애는 날이 갈수록 부쩍 말수가 줄어드는 것이었고
나는 손 한 번 잡아주지 못하는 자신이 안타까웠습니다
다만 손가락으로 먼 산의 어깨를 짚어가며
강물이 적시고 갈 그 고장의 이름을 알려주는 일은
내가 할 수 있는 유일한 자랑이었습니다
강물이 끝나는 곳에 한없이 펼쳐져 있을
여태 한 번도 가보지 못한 큰 바다를
그 애와 내가 건너야 할 다리 같은 것으로 여기기 시작한 것은

바로 그때부터였습니다
날마다 어둠도 빨리 왔습니다
그 애와 같이 살 수 있는 집이 있다면 하고 생각하며
마을로 돌아오는 길은 늘 어찌나 쓸쓸하고 서럽던지
가시에 찔린 듯 가슴이 따끔거리며 아팠습니다
그러던 어느 날 그 애와 나는
누가 먼저랄 것도 없이 입술을 포개었던 날이 있었습니다
잊을 수가 없습니다 그 애의 여린 숨소리를
열 몇 살 열 몇 살 내 나이를 내가 알고 있는 산수공식을
아아 모두 삼켜버릴 것 같은 노을을 보았습니다
저물 무렵 그 애와 나는 강둑에 앉아 있었습니다
그때 우리가 세상을 물들이던 어린 노을인 줄을
지금 생각하면 아주 조금 알 것도 같습니다

우리는 깃발이 되어 간다

처음에 우리는 한 올의 실이었다
당기면 힘없이 뚝 끊어지고
입으로 불면 금세 날아가 버리던
감출 수 없는 부끄러움이었다
나누어진 것들을 단단하게 엮지도 못하고
옷에 단추 하나를 달 줄을 몰랐다
이어졌다가 끊어지고 끊어졌다가는 이어지면서
사랑은 매듭을 갖는 것임을
손과 손을 맞잡고 내가 날줄이 되고
네가 씨줄이 되는 것임을 알기 시작하였다
그때부터 우리는 한 조각 헝겊이 되었다
우리가 해야 할 일을 생각하고
바람이 드나드는 구멍을 막아보기도 했지만
부끄러운 곳을 겨우 가리는 정도였다
상처에 흐르는 피를 멎게 할 수는 있었지만
우리가 온전히 상처를 치유하지는 못했다
아아, 우리는 슬픈 눈물이나 닦을 줄 알던
작은 손수건일 뿐이었다
우리들 중 누구도 태어날 때부터
깃발이 되려고 한 것은 아니었다

맑고 푸른 하늘 아래
사람이 사람으로 사는 세상이라면
한 올의 실, 한 조각 헝겊이어도 좋을 것이다
그러나 우리는 서서히 깃발이 되어간다
숨죽이고 울던 밤을 훌쩍 건너
사소한 너와 나의 차이를 성큼 뛰어넘어
펄럭이며 간다
나부끼며 간다
갈라진 조국과 사상을 하나의 깃대로 세우러
우리는 바람을 흔드는 깃발이 되어간다

우리가 눈발이라면

우리가 눈발이라면
허공에서 쭈빗쭈빗 흩날리는
진눈깨비는 되지 말자
세상이 바람 불고 춥고 어둡다 해도
사람이 사는 마을
가장 낮은 곳으로
따뜻한 함박눈이 되어 내리자
우리가 눈발이라면
잠 못 든 이의 창문가에서는
편지가 되고
그이의 깊고 붉은 상처 위에 돋는
새 살이 되자

2

너에게 묻는다

연탄재 함부로 발로 차지 마라
너는
누구에게 한 번이라도 뜨거운 사람이었느냐

모항으로 가는 길

너, 문득 떠나고 싶을 때 있지?
마른 코딱지 같은 생활 따위 눈 딱 감고 떼어내고 말이야
비로소 여행이란,
인생의 쓴맛 본 자들이 떠나는 것이니까
세상이 우리를 내버렸다는 생각이 들 때
우리 스스로 세상을 한번쯤 내동댕이쳐 보는 거야
오른쪽 옆구리에 변산 앞바다를 끼고 모항에 가는 거야

부안읍에서 버스로 삼십 분쯤 달리면
객짓밥 먹다가 석삼 년만에 제 집에 드는 한량처럼
거드럭거리는 바다가 보일 거야
먼 데서 오신 것 같은데 통성명이나 하자고,
조용하고 깨끗한 방도 있다고,
바다는 너의 옷자락을 잡고 놓아주지 않을지도 모르지
그러면 대수롭지 않은 듯 한 마디 던지면 돼
모항에 가는 길이라고 말이야
모항을 아는 것은
변산의 똥구멍까지 속속들이 다 안다는 뜻이거든

모항 가는 길은 우리들 생이 그래왔듯이
구불구불하지, 이 길은 말하자면
좌편향과 우편향을 극복하는 길이기도 한데

이 세상에 없는 길을 만드는 싸움에 나섰다가 지친 너는,
너는 비록 지쳤으나
승리하지 못했으나 그러나, 지지는 않았지
저 잘난 세상쯤이야 수평선 위에 하늘 한 폭으로 걸어두고
가는 길에 변산 해수욕장이나 채석강 쪽에서 잠시
바람 속에 마음을 말려도 좋을 거야
그러나 지체하지는 말아야 해
모항에 도착하기 전에 풍경에 취하는 것은
그야말로 촌스러우니까
조금만 더 가면 훌륭한 게 나올 거라는
믿기 싫지만, 그래도 던져버릴 수 없는 희망이
여기까지 우리를 데리고 온 것처럼
모항도 그렇게 가는 거야

모항에 도착하면
바다를 껴안고 하룻밤 잘 수 있을 거야
어떻게 그런 일이 가능하냐고 너는 물어 오겠지
아니, 몸에다 마음을 비벼 넣고 섞는 그런 것을
꼭 누가 시시콜콜 가르쳐 줘야 아나?
걱정하지 마, 모항이 보이는 길 위에 서기만 하면
이미 모항이 네 몸 속에 들어와 있을 테니까

연탄 한 장

또 다른 말도 많고 많지만
삶이란
나 아닌 그 누구에게
기꺼이 연탄 한 장 되는 것

방구들 선득선득해지는 날부터 이듬해 봄까지
조선팔도 거리에서 제일 아름다운 것은
연탄차가 부릉부릉
힘쓰며 언덕길 오르는 거라네
해야 할 일이 무엇인가를 알고 있다는 듯이
연탄은, 일단 제 몸에 불이 옮겨 붙었다 하면
하염없이 뜨거워지는 것
매일 따스한 밥과 국물 퍼먹으면서도 몰랐네
온 몸으로 사랑하고 나면
한 덩이 재로 쓸쓸하게 남는 게 두려워
여태껏 나는 그 누구에게 연탄 한 장도 되지 못하였네

생각하면
삶이란
나를 산산이 으깨는 일

눈 내려 세상이 미끄러운 어느 이른 아침에
나 아닌 그 누가 마음 놓고 걸어갈
그 길을 만들 줄도 몰랐었네, 나는

집

삶이 참 팍팍하다 여겨질 때, 손님 두어 사람만 와도
신발 벗어두는 곳이 좁아 신발들끼리 엎치락뒤치락 난장
판일 때
어린 아들은 떼쓰며 울고 돈은 떨어져 술상 차리기도 곤
란해지면
아내는 좀더 넓은 평수로 이사 갔으면 좋겠다고
쌀을 안치다가도 파를 다듬다가도 좀더 넓은 평수, 평수
하는데
팍팍하다 못해 삶이 더는 앞으로 나아갈 것 같지 않을 때
나는 전에 살던 집을 생각하고 그곳으로 가고 싶어진다

단칸 셋방에서 딸아이 하나 낳아 기저귀 갈아주던 때
먼 데서 친구가 오면 아이 들쳐 업고 아내는 친정 가서 자고
내 친구하고 밤늦도록 술 마시고 깬 다음날 아침에는
부엌에서 술국 끓이는 냄새가 꿈결인 듯 스며들던 집
식구가 단출한지라 변소 푸고 나서도 오물세를 조금만
내고
주인집 인터폰 옆에 딩동딩동 소리 나는 벨 하나 대문에
달고
내가 늦게 귀가할 때마다 미안해하며 누르던 집

송학동 굴다리 지나 붕어빵 굽던 구멍가게 지나 목욕탕
지나
월부로 냉장고 한대 살 수 없을까 자주 힐끔 들여다보던
금성대리점 지나면 일 년에 삼십만 원 사글세 집
십만 원짜리 마라톤 4벌식 타자기 한대 있으면 참 좋겠는데
다음 달 보충수업비 받아서 사버릴까 생각하던
주인집으로 전화가 걸려오면 마루를 살짝살짝 밟고 가서
통화를 끝내고는 우리도 전화 한대 있으면 참 좋겠는데
다음 다음 달 보너스 받으면 사버릴까 도란도란거리던
형광등 불빛이 비추던 밤이 깊던 그 집에서
나는 신규발령장 인주가 마르지 않은 중학교 국어 선생
자전거 타고 퇴근해 그 집에서 고추전 부쳐먹고 싶어진다

나는 또 대학 다닐 때 자취하던 집을 잊을 수가 없다
거기에 내 청춘의 입맞춤 자국이 묻어 있어서가 아니라
아버지가 우체국 소액환으로 열심히 하거라, 보내준 생활
비를
술값으로 다 날리고 반찬거리 떨어져 슈퍼아줌마한테 자주
외상 달아놓던 라면 끓이다가 심심찮게 폭삭 엎어버리고
말던

지금 생각해 보면 늘 배고프고 하루종일 쓸쓸한 집
일 년에 한 번 꼴로 이불보따리에 책 몇 권, 전기밥솥 싣고
옮겨 다니던 지금은 주소도 알 수 없는 그 자취집, 그 하
숙집들
그 시원찮은 빨래들이며 하이타이 냄새 나는 세월들
일찍도 아기 지운 친구의 애인들에게 미역국 끓여주던
기억
십이월마다 찾아오던 통지 없는 신춘문예 낙선의 기억
계엄군한테 직싸게 얻어맞고 빨간약 발라대던 기억
아픔도 없이 머리끝에서부터 발끝까지 아프던 기억
나는 저 혼자 돌아가는 레코드판처럼 거기서 잘도 살았다

지금 호적에 등재된 내 본적 경기도 여주군 흥천면 대당리
주소만 봐도 나는 가슴이 아프다 우리 아버지
평생 사실 줄 알고 경상도에서 이주해 가서 지은 집
울타리가 없어 집 안 가득 바람이 많던, 팀스피리트 훈련
때는
근동에 전투기가 총알을 쏟아붓고 갔다는 소문이 들리던 집
추운 날 마당에서 세수하고 문고리 잡으면 손이 쩍쩍 달
라붙고

변소간에 앉아 있으면 엉덩이가 정말 쪼개질 것 같던
겨울방학 때 가면 일년 동안 동생들이 키운 염소를 잡아
창고에 매달아 놓고 구워 먹고 볶아 먹고 고아도 먹던 집
어머니는 그 노랑내 나는 국물이 보약 된다고 훌훌 마시
라고
나는 안 마신다고 내빼서는 밤새 들판에 내린 삐라를 줍던
개학 하고 학교에 내면 표창장도 주고 공책도 준다는
교과서 두께의 책삐라를 주워 똥도 닦고 코도 풀면
아버지는 종이가 그렇게 없느냐고, 말없이 군불을 지피시
던 집
나는 그곳을 한번도 내 고향이라고 생각해 본 적은 없지만
면소재지 차부에서 버스를 내리면 뭉클한 게 있고
방학 끝나 차 타러 마을 빠져나오면 또 가슴이 미어지던 집
아버지 배추 농사로 번 돈으로 시집을 사 읽으면서
그 어둠침침한 공부방 메주 뜨는 냄새가 되고 싶어진다

경기도로 피난가듯 가기 전에 내 밑에 동생과 나는
가겟집 아이였다, 한겨울에 칠성사이다 달라고 조르다가
매맞고
내복 바람으로 쫓겨나서는 언 유리창에 대고 싹싹 빌던

한참 까불 때는 숟가락 잡고 둘이서 콩쿨대회도 열었지
마는
토닥토닥 다투다 손톱자국이라도 생기면 어머니는 화가 나
옆집 누구네처럼 엄마 없는 자식 되고 싶냐고, 우리는
별수 없이 또 싹싹 빌고는 라면땅 한봉지씩 나눠 먹던 집
연탄불 꺼진 날 솜이불 덮어쓰고 개구리같이 쪼그리고
있으면
동생과 내 입김으로 서로 훈훈해져서 금세 잠들고 말던 집
셋째와 넷째가 태어나도록 우리 여섯 식구는 이사도 안
가고
그 단칸방에서 살았는데 예천농고 농구선수였다는 아버지
주무실 때 두 다리 쭉 뻗는 걸 한번도 못 보았으며
그래서 이불이 천막 같아서 잠잘 때마다 무릎이 서늘하
던 집
그 무렵 찍은 흑백사진은 빛 바래거나 파리똥 앉았지만
나는 좋았다 나 시험지 백점 받아 오면 짜장면집에도 갔
었다

그 이전에는 어디서 살았나, 이것은 내가 잘 모르는 일
나중에 자라서 알았지만 봉창 달린 예천 큰댁 작은방에서

나는 태어났다는데 솜털이 원숭이 새끼같이 보송보송한 것이
어른 손바닥 크기만한 것이 방 하나를 다 차지했었다는데
퉤퉤 쓴 침 뱉듯 육군 병장 제대하고 돌아온 집
조카들이 바글바글 울 때 마음 놓고 술 한잔 하고 싶을 때
그때부터 젊은 우리 아버지도 지금의 나처럼
물을 긷다가도 배추를 씻다가도 좀더 넓은 집, 넓은 집 하는
아내의 목소리를 들었을지 모른다 그리하여 지금의 나처럼
삶이 참 팍팍하다, 앞으로 나아갈 것 같지 않다 여겨질 때
옛날 살던 집으로 가고 싶다는 생각을 하며
흙벽에 시래기 몇 두름 마르는 서러운 겨울 한낮
호박죽 끓던 가마솥 앞에서 군침 꿀꺽 삼키며
그 뜨끈하고 걸쭉한 호박죽을 기다리던
수숫대같이 키 큰 한 소년을 오래 오래 생각했을지도 모른다

땅

내게 땅이 있다면
거기에 나팔꽃을 심으리
때가 오면
아침부터 저녁까지 보랏빛 나팔소리가
내 귀를 즐겁게 하리
하늘 속으로 덩굴이 애쓰며 손을 내미는 것도
날마다 눈물 젖은 눈으로 바라보리
내게 땅이 있다면
내 아들에게는 한 평도 물려주지 않으리
다만 나팔꽃이 다 피었다 진 자리에
동그랗게 맺힌 꽃씨를 모아
아직 터지지 않은 세계를 주리

겨울 강가에서

어린 눈발들이, 다른 데도 아니고
강물 속으로 뛰어내리는 것이
그리하여 형체도 없이 녹아 사라지는 것이
강은,
안타까웠던 것이다
그래서 눈발이 물위에 닿기 전에
몸을 바꿔 흐르려고
이리저리 자꾸 뒤척였는데
그때마다 세찬 강물소리가 났던 것이다
그런 줄도 모르고
계속 철없이 철없이 눈은 내려,
강은,
어젯밤부터
눈을 제 몸으로 받으려고
강의 가장자리부터 살얼음을 깔기 시작한 것이었다

제비꽃에 대하여

제비꽃을 알아도 봄은 오고
제비꽃을 몰라도 봄은 간다

제비꽃에 대해 알기 위해서
따로 책을 뒤적여 공부할 필요는 없지

연인과 들길을 걸을 때 잊지 않는다면
발견할 수 있을 거야

그래, 허리를 낮출 줄 아는 사람에게만
보이는 거야 자줏빛이지

자줏빛을 톡 한번 건드려봐
흔들리지? 그건 관심이 있다는 뜻이야

사랑이란 그런 거야
사랑이란 그런 거야

봄은,
제비꽃을 모르는 사람을 기억하지 않지만

제비꽃을 아는 사람 앞으로는
그냥 가는 법이 없단다

그 사람 앞에는
제비꽃 한포기를 피워두고 가거든

참 이상하지?
해마다 잊지 않고 피워두고 가거든

열심히 산다는 것

산서에서 오수까지 어른 군내버스비는
400원입니다

운전사가 모르겠지, 하고
백 원짜리 동전 세 개하고
십 원짜리 동전 일곱 개만 회수권함에다 차르륵
슬쩍, 넣은 쭈그렁 할머니가 있습니다

그걸 알고 귀때기 새파랗게 젊은 운전사가
있는 욕 없는 욕 다 모아
할머니를 향해 쏟아붓기 시작합니다
무슨 큰일 난 것 같습니다
30원 때문에

미리 타고 있는 손님들 시선에도 아랑곳없이
운전사의 훈계 준엄합니다 그러면,
전에는 370원이었다고
할머니의 응수도 만만찮습니다
그건 육이오 때 요금이야 할망구야, 하면
육이오 때 나기나 했냐, 소리 치고

오수에 도착할 때까지
훈계하면, 응수하고
훈계하면, 응수하고

됐습니다
오수까지 다 왔으니
운전사도, 할머니도, 나도, 다 왔으니
모두 열심히 살았으니!

바닷가 우체국

바다가 보이는 언덕 위에
우체국이 있다
나는 며칠 동안 그 마을에 머물면서
옛사랑이 살던 집을 두근거리며 쳐다보듯이
오래오래 우체국을 바라보았다
키 작은 측백나무 울타리에 둘러싸인 우체국은
문 앞에 붉은 우체통을 세워두고
하루 내내 흐린 눈을 비비거나 귓밥을 파기 일쑤였다
우체국이 한 마리 늙고 게으른 짐승처럼 보였으나
나는 곧 그 게으름을 이해할 수 있었다
내가 이곳에 오기 아주 오래 전부터
우체국은 아마
두 눈이 짓무르도록 수평선을 바라보았을 것이고
그리하여 귓속에 파도 소리가 모래처럼 쌓였을 것이었다
나는 세월에 대하여 말하지만 결코
세월을 큰 소리로 탓하지는 않으리라
한번은 엽서를 부치러 우체국에 갔다가
줄지어 소풍 가는 유치원 아이들을 만난 적이 있다
내 어린 시절에 그랬던 것처럼
우체통이 빨갛게 달아오른 능금 같다고 생각하거나

편지를 받아먹는 도깨비라고
생각하는 소년이 있을지도 모르는 일이었다
그러다가 소년의 코밑에 수염이 거뭇거뭇 돋을 때쯤이면
우체통에 대한 상상력은 끝나리라
부치지 못한 편지를
가슴속 주머니에 넣어두는 날도 있을 것이며
오지 않는 편지를 혼자 기다리는 날이 많아질 뿐
사랑은 열망의 반대쪽에 있는 그림자 같은 것
그런 생각을 하다 보면
삶이 때로 까닭도 없이 서러워진다
우체국에서 편지 한 장 써보지 않고
인생을 다 안다고 말하는 사람들을 또 길에서 만난다면
나는 편지봉투의 귀퉁이처럼 슬퍼질 것이다
바다가 문 닫을 시간이 되어 쓸쓸해지는 저물녘
퇴근을 서두르는 늙은 우체국장이 못마땅해할지라도
나는 바닷가 우체국에서
만년필로 잉크 냄새 나는 편지를 쓰고 싶어진다
내가 나에게 보내는 긴 편지를 쓰는
소년이 되고 싶어진다
나는 이 세상에 살아남기 위해 사랑을 한 게 아니었다고

나는 사랑을 하기 위해 살았다고
그리하여 한 모금의 따뜻한 국물 같은 시를 그리워하였고
한 여자보다 한 여자와의 연애를 그리워하였고
그리고 맑고 차가운 술을 그리워하였다고
밤의 염전에서 소금 같은 별들이 쏟아지면
바닷가 우체국이 보이는 여관방 창문에서 나는
느리게 느리게 굴러가다가 머물러야 할 곳이 어디인가를 아는
우체부의 자전거를 생각하고
이 세상의 모든 길이
우체국을 향해 모였다가
다시 갈래갈래 흩어져 산골짜기로도 가는 것을 생각하고
길은 해변의 벼랑 끝에서 끊기는 게 아니라
훌쩍 먼바다를 건너기도 한다는 것을 생각한다
그리고 때로 외로울 때는
파도 소리를 우표 속에 그려넣거나
수평선을 잡아당겼다가 놓았다가 하면서
나도 바닷가 우체국처럼 천천히 늙어갔으면 좋겠다고
생각한다

사랑

여름이 뜨거워서 매미가
우는 것이 아니라 매미가 울어서
여름이 뜨거운 것이다

매미는 아는 것이다
사랑이란, 이렇게
한사코 너의 옆에 붙어서
뜨겁게 우는 것임을

울지 않으면 보이지 않기 때문에
매미는 우는 것이다

꽃

바깥으로 뱉어내지 않으면 고통스러운 것이
몸속에 있기 때문에
꽃은, 핀다
솔직히 꽃나무는
꽃을 피워야 한다는 게 괴로운 것이다

내가 너를 그리워하는 것,
이것은 터뜨리지 않으면 곪아 썩는 못난 상처를
바로 너에게 보내는 일이다
꽃이 허공으로 꽃대를 밀어 올리듯이

그렇다 꽃대는
꽃을 피우는 일이 너무 힘들어서
자기 몸을 세차게 흔든다
사랑이여, 나는 왜 이렇게 아프지도 않는 것이냐

몸속의 아픔이 다 말라버리고 나면
내 그리움도 향기나지 않을 것 같아 두렵다

살아남으려고 밤새 발버둥을 치다가
입 안에 가득 고인 피,
뱉을 수도 없고 뱉지 않을 수도 없을 때
꽃은, 핀다

그리운 여우

이렇게 눈 많이 오시는 날 밤에는
나는 방에 누에고치처럼 동그랗게 갇혀서
희고 통통한 나의 세상 바깥에 또 다른 세상이 있을 것이라 생각하고
그 세상에도 눈이 이렇게 많이 오실 것인데
여우 한 마리가, 말로만 듣던 그 눈도 털도 빨간 여우 한 마리가
나를 홀리려고 눈발 속을 헤치고
네 발로 어슬렁어슬렁 산골짜기를 타고 내려올 것이라 생각하고
그 산길에는 마을로 내려갈 때를 놓친 산수유 열매가 어쩌면 붉어져 있기도 했을 터인데
뒤도 안 돌아보고 여우 한 마리가, 우리집 마당에까지 와서
부르르 몸 흔들어 깃털에 쌓인 눈을 털며
이 집에 사람이 있나, 없나 기웃거릴 것이라 혼자 생각하고
메주 냄새가 나는 이불을 뒤집어쓰고
사타구니 속에 두 손을 집어넣고 쪼글쪼글해진
그리하여 서늘하기도 한 불알을 한참을 주물러보는 것인데
그러면 나도 모르게 불끈 무엇이 일어서는 듯한 생기와 함께

나는 혹시나 여우 한 마리가,
배가 고파서 마을로 타박타박 힘없이 걸어내려 왔을지도
모른다고 생각을 하고
사람 소리 하나 안 나는 뒤꼍에서
두리번두리번 먹을 것이 없나 하고 살피다가
일찍 군불 지펴 넣은 아랫방 아궁이가에 잠시 쭈그리고
앉았다가
산속에 두고 온 어린것들을 생각하고는
여우 한 마리가, 혹시라도 마른 시래기 걸린 소도 없는
외양간 뒷벽에
눈길을 주다가 코를 벌름거리며
그 코끝에는 김나는 이슬 몇 방울이 묻어 있기도 할 것인데
아 글쎄 그 여우 한 마리가, 아는 척도 하지 않는 사람들
이 야속해서
세상을 차듯 뒷발로 땅바닥을 더러 탁탁 쳐보기도 했을
터인데
먹을 것은 없고
눈은 지지리도 못난 삶의 머리끄덩이처럼 내리고
여우 한 마리가, 그 작은 눈을 글썽이며

그 눈 속에도 서러운 눈이 소문도 없이 내리리라 생각하
고 나는
문득 몇해 전이던가 얼음장 밑으로 빨려들어가 사라진
동무 하나가 여우가 되어 나 보고 싶어 왔는지도 모른다
는 생각을 하고
자리를 차고 일어나 방문을 확 열어제껴보았던 것인데
눈 내려 쌓이는 소리 같은 발자국 소리를 내며
아아, 여우는 사라지고—
여우가 사라진 뒤에도 눈은 내리고 또 내리는데
그 여우 한 마리를 생각하며
이렇게 눈 많이 오시는 날 밤에는
내 겨드랑이에도 눈발이 내려앉는지 근질근질거리기도
하고
가슴도 한없이 짠해져서 도대체가 잠을 이룰 수가 없었
던 것이다

3

3월에서 4월 사이

산서고등학교 관사 앞에 매화꽃 핀 다음에는
산서주조장 돌담에 기대어 산수유꽃 피고
산서중학교 뒷산에 조팝나무꽃 핀 다음에는
산서우체국 뒤뜰에서는 목련꽃 피고
산서초등학교 울타리 너머 개나리꽃 핀 다음에는
산서정류소 가는 길가에 자주제비꽃 피고

오래 된 우물

뒤안에 우물이 딸린 빈집을 하나 얻었다

아, 하고 소리치면
아, 하고 소리를 받아주는
우물 바닥까지 언젠가 한 번은 내려가보리라고
혼자서 상상하던 시절이 있었다
우물의 깊이를 알 수 없었기에 나는 행복하였다

빈집을 수리하는데
어린것들이 빗방울처럼 통통거리며 뛰어다닌다
우물의 깊이를 알고 있기에
나는 슬그머니 불안해지기 시작하였다
오래 된 우물은
땅속의 쓸모없는 허공인 것

나는 그 입구를 아예 막아버리기로 작정하였다
우물을 막고 나서는
나, 방안에서 안심하고 시를 읽으리라
인부를 불러 메우지 않을 바에야 미룰 것도 없었다
눈꺼풀을 쓸어내리듯 함석으로 덮고
쓰다 만 베니어합판을 덧씌우고

그 위에다 끙끙대며 돌덩이를 몇 개 얹어 눌렀다

그리하여
우물은 죽었다

우물이 죽었다고 생각하자
나는 갑자기 눈앞이 캄캄해졌다
한때 찰박찰박 두레박이 내려올 때마다
넘치도록 젖을 짜주던 저 우물은
이 집의 어머니,
별똥별이 지는 밤하늘을 밤새도록 올려다보다가
더러는 눈물 글썽이기도 하였을
저 우물은
이 집의 눈동자였는지 모른다

나는 우물의 눈알을 파먹은 몹쓸 인간이 되어
소리친다
아, 하고 소리쳐도
아, 하고 소리를 받아주지 않는
우물에다 대고

양철 지붕에 대하여

양철 지붕이 그렁거린다, 라고 쓰면
그럼 바람이 불어서겠지, 라고
그저 단순하게 생각해서는 안 된다

삶이란,
버선처럼 뒤집어볼수록 실밥이 많은 것

나는 수없이 양철 지붕을 두드리는 빗방울이었으나
실은, 두드렸으나 스며들지 못하고 사라진
빗소리였으나
보이지 않기 때문에
더 절실한 사랑이 나에게도 있었다

양철 지붕을 이해하려면
오래 빗소리를 들을 줄 알아야 한다
맨 처음 양철 지붕을 얹을 때
날아가지 않으려고
몸에 가장 많이 못자국을 두른 양철이
그놈이 가장 많이 상처입고 가장 많이 녹슬어 그렁거린
다는 것을

너는 눈치채야 한다

그러니까 사랑한다는 말은 증발하기 쉬우므로
쉽게 꺼내지 말 것
너를 위해 나도 녹슬어가고 싶다, 라든지
비 온 뒤에 햇볕 쪽으로 먼저 몸을 말리려고 뒤척이지는
않겠다, 라든지
그래, 우리 사이에는 은유가 좀 필요한 것 아니냐?

생각해봐
한쪽 면이 뜨거워지면
그 뒷면도 함께 뜨거워지는 게 양철 지붕이란다

고래를 기다리며

고래를 기다리며
나 장생포 바다에 있었지요
누군가 고래는 이제 돌아오지 않는다, 했지요
설혹 돌아온다고 해도 눈에는 보이지 않는다고요,
나는 서러워져서 방파제 끝에 앉아
바다만 바라보았지요
기다리는 것은 오지 않는다는 것을
알면서도 기다리고, 기다리다 지치는 게 삶이라고
알면서도 기다렸지요
고래를 기다리는 동안
해변의 젖꼭지를 빠는 파도를 보았지요
숨을 한 번 내쉴 때마다
어깨를 들썩이는 그 바다가 바로
한 마리 고래일지도 모른다고 생각했지요

모과나무

모과나무는 한사코 서서 비를 맞는다
빗물이 어깨를 적시고 팔뚝을 적시고 아랫도리까지
번들거리며 흘러도 피할 생각도 하지 않고
비를 맞는다, 모과나무
저놈이 도대체 왜 저러나?
갈아입을 팬티도 없는 것이 무얼 믿고 저러나?
나는 처마 밑에서 비 그치기를 기다리고 있다가
모과나무, 그가 가늘디가는 가지 끝으로
푸른 모과 몇 개를 움켜쥐고 있는 것을 보았다
끝까지, 바로 그것, 그 푸른 것만 아니었다면
그도 벌써 처마 밑으로 뛰어 들어왔을 것이다

헛것을 기다리며

이제는 나를 사로잡고 있는 것이 그 무엇 무엇이 아니라
그 무엇 무엇도 아닌 헛것이라고, 써야겠다

고추잠자리 날아간 바지랑대 끝에 여전히 앉아 있던 고
추잠자리와,
뒷마루에서 하모니카를 불다가 여치가 된 외삼촌과,
문득 어둔 밤 저수지에 잉어 뛰던 소리와,
우주의 이마를 가시로 긁으며 떨어지던 별똥별과,
나는 아무 것도 아니라고 생각했을 때 새털구름처럼 밀
려오던 자잘한 슬픔들을

내 문법 공책에 이제는 받아 적어야겠다
그 동안 나는 헛것을 피해 여기까지 왔다
너의 눈을 재 속에 숨은 숯불의 눈으로 보지 못하고,
너의 말을 처마 끝에 달린 풍경의 귀로 듣지 못하고,
너의 허벅지를 억새밭머리 바람의 혀로 핥지 못하였다

그래 여우라면, 사람의 키를 훌쩍 뛰어넘어
혼을 빼고 간을 빼먹는 네가 여우라면 오너라
나는 전등을 들지 않고도 밤길을 걸어
그 허망하다는 시의 나라를 찾아가겠다
너 때문에 뜨거워져 하나도 두렵지 않겠다

얼음 매미

매미가 벗어 놓고 간 허물 속으로, 눈이 내린다

이 누더기의 주인은 저 광활한 우주 속으로 날아갔는데

눈은 비좁은 구멍 속으로
자꾸 자꾸 내린다, 그리하여 쌓인다

하늘은 몇 번이나 녹았다가 얼고,

(이 겨울이 지날 때쯤 나는 매미 허물을 가만히 벗겨 봐
야겠다고 생각한다)

그러면 날아갈 줄도 모르고, 발을 가슴께로 그러모은
얼음 매미 한 마리가 거기 웅크리고 있겠지

모퉁이

모퉁이가 없다면
그리운 게 뭐가 있겠어
비행기 활주로, 고속도로, 그리고 모든 막대기들과
모퉁이 없는 남자들만 있다면
뭐가 그립기나 하겠어

모퉁이가 없다면
계집애들의 고무줄 끊고 숨을 일도 없었겠지
빨간 사과처럼 팔딱이는 심장을 쓸어내릴 일도 없었을
테고
하교 길에 그 계집애네 집을 힐끔거리며 바라볼 일도 없
었겠지

인생이 운동장처럼 막막했을 거야

모퉁이가 없다면
자전거 핸들을 어떻게 멋지게 꺾었겠어
너하고 어떻게 담벼락에서 키스할 수 있었겠어
예비군 훈련 가서 어떻게 맘대로 오줌을 내갈겼겠어
먼 훗날, 내가 너를 배반해 볼 꿈을 꾸기나 하겠어

모퉁이가 없다면 말이야

골목이 아냐 그리움이 모퉁이를 만든 거야
남자가 아냐 여자들이 모퉁이를 만든 거지

염소의 저녁

할머니가 말뚝에 매어 놓은 염소를 모시러 간다
햇빛이 염소 꼬랑지에 매달려
짧아지는 저녁,
제 뿔로 하루종일 들이받아서
하늘이 붉게 멍든 거라고
염소는 앞다리에 한번 더 힘을 준다
그러자 등 굽은 할머니 아랫배 쪽에
어둠의 주름이 깊어진다
할머니가 잡고 있는 따뜻한 줄이 식기 전에
뿔 없는 할머니를 모시고 어서 집으로 가야겠다고
염소는 생각한다

적막

풀숲에 호박이 눌러앉아 살다 간 자리같이
그 자리에 둥그렇게 모여든 물기같이
거기에다 제 얼굴을 가만히 대보는 낮달과도같이

여치 소리를 듣는다는 것

내 손이 닿지 않는 곳에서 떨어져 앉아 우는 여치

여치 소리를 듣는다는 것은
여치 소리가 내 귀에 와 닿기까지의 거리를 생각하는 것
그 사이에 꽉 찬 고요 속에다 실금을 그어 놓고
끊어지지 않도록 붙잡고 있는 것
밤낮으로 누가 건너오고 건너가는가 지켜보는 것
외롭다든지 사랑한다든지 입밖에 꺼내지 않고
나는 여치한테 귀를 맡겨두고
여치는 나한테 귀를 맡겨두는 것

여치 소리를 듣는다는 것은
오도카니 무릎을 모으고 앉아
여치의 젖은 무릎을 생각한다는 것

꽃 지는 날

뜰 안에 석류꽃이 마구 뚝뚝 지는 날, 떨어진 꽃이 아까워 몇 개 주워 들었더니 꽃이 그냥 지는 줄 아나? 지는 꽃이 있어야 피는 꽃도 있는 게지 지는 꽃 때문에 석류 알이 굵어지는 거 모르나? 어머니, 어머니, 지는 꽃 어머니가 나 안쓰럽다는 듯 바라보시고, 그나저나 너는 돈 벌 생각은 않고 꽃 지는 거만 하루종일 바라보나? 어머니, 꽃 지는 날은 꽃 바라보는 게 돈 버는 거지요 석류 알만한 불알 두 쪽 차고 앉아 나, 건들거리고

벚나무는 건달같이

군산 가는 길에 벚꽃이 피었네
벚나무는 술에 취해 건달같이 걸어가네

꽃 핀 자리는 비명이지마는
꽃 진 자리는 화농인 것인데

어느 여자 가슴에 또 못을 박으려고……

돈 떨어진 건달같이
봄날은 가네

4

간격

숲을 멀리서 바라보고 있을 때는 몰랐다
나무와 나무가 모여
어깨와 어깨를 대고
숲을 이루는 줄 알았다
나무와 나무 사이
넓거나 좁은 간격이 있다는 걸
생각하지 못했다
벌어질 대로 최대한 벌어진,
한데 붙으면 도저히 안 되는,
기어이 떨어져 서 있어야 하는,
나무와 나무 사이
그 간격과 간격이 모여
울울창창鬱鬱蒼蒼 숲을 이룬다는 것을
산불이 휩쓸고 지나간
숲에 들어가 보고서야 알았다

강

너에게 가려고
나는 강을 만들었다

강은 물소리를 들려주었고
물소리는 흰 새떼를 날려보냈고
흰 새떼는 눈발을 몰고 왔고
눈발은 울음을 터뜨렸고

울음은 강을 만들었다
너에게 가려고

나중에 다시 태어나면

나중에 다시 태어나면
나 자전거가 되리
한평생 왼쪽과 오른쪽 어느 한쪽으로 기우뚱거리지 않고
말랑말랑한 맨발로 땅을 만져보리
구부러진 길은 반듯하게 펴고, 반듯한 길은 구부리기도 하면서
이 세상의 모든 모퉁이, 움푹 패인 구덩이, 모난 돌멩이들
내 두 바퀴에 감아 기억하리
가위가 광목 천 가르듯이 바람을 가르겠지만
바람을 찢어발기진 않으리
나 어느 날은 구름이 머문 곳의 주소를 물으러 가고
또 어느 날은 잃어버린 달의 반지를 찾으러 가기도 하리
페달을 밟는 발바닥은 촉촉해지고 발목은 굵어지고
종아리는 딴딴해지리
게을러지고 싶으면 체인을 몰래 스르르 풀고
페달을 헛돌게도 하리
굴러가는 시간보다 담벼락에 어깨를 기대고
바큇살로 햇살이나 하릴없이 돌리는 날이 많을수록 좋으리
그러다가 천천히 언덕 위 옛 애인의 집도 찾아가리
언덕이 가팔라 삼십 년이 더 걸렸다고 농을 쳐도 그녀는 웃으리
돌아가는 내리막길에서는 뒷짐 지고 휘파람을 휘휘 불리
죽어도 사랑했었다는 말은 하지 않으리
나중에 다시 태어나면

그 드물다는 굳고 정한 갈매나무라는 나무

일생 동안 나무가 나무인 것은 무엇보다도 그늘을 가졌
기 때문이라고 생각해 본 적이 있다
하늘의 햇빛과 땅의 어둠을 반반씩, 많지도 적지도 않게
섞어서
자기가 살아온 꼭 그만큼만 그늘을 만드는 저 나무가 나
무인 것은
그늘이라는 것을 그저 아래로 드리우기만 할 뿐
그 그늘 속에 누군가 사랑하며 떨며 울며 해찰하며 놀다
가도록 내버려 둘 뿐
스스로 그늘 속에서 키스를 하거나 헛기침을 하거나 눈
물을 닦거나 성화를 내지 않는다는 점이 참으로 대단하다고
생각한 적이 있다
말과 침묵 사이, 혹은
소란과 고요 사이
나무는 저렇게
그냥 서 있다

아무 것도 가지지 않은 듯 보이는
저 갈매나무가 엄동설한에도 저렇게 엄하기만 하고 가진
것 없는 아버지처럼 서 있는 이유도

그늘 때문이다
그러므로 이제 빈한한 집안의 지붕 끝처럼 서 있는 저 나
무를
아버지, 라고 불러도 좋을 것이다
때로는 그늘의 평수가 좁아서
때로는 그늘의 두께가 얇아서
때로는 그늘의 무게가 턱없이 가벼워서
저물녘이면 어깨부터 캄캄하게 어두워지던 아버지를
나무, 라고 불러도 좋을 것이다

눈 내려 세상이 적막해진다 해서 나무가 그늘을 만들지
않는 것은 아니다
쓰러지지 않는, 어떻게든 기립 자세로 눈을 맞으려는
저 나무가
어느 아침에는 제일 먼저 몸 흔들어 훌훌 눈을 털고
땅 위에 태연히 일획을 긋는 것을 보게 되는 날이 있을 터

모기장 동물원

나방이 왔다 풍뎅이가 왔다 매미가 왔다
형광등 불빛 따라 와서 모기장 바깥에 붙어 있다
오지 말라고 모기장을 쳐 놓으니까 젠장, 아주 가까이 와서
나를 내려다보며 읽고 있다

영락없이 모기장 동물원에 갇힌
나는 한 마리의 슬픈 포유류

책을 덮고 생각중이다
저 곤충 손님들에게는 내가
모기장 안쪽에 있는가
바깥쪽에 있는가

공양

싸리꽃을 애무하는 산山벌의 날갯짓소리 일곱 근

몰래 숨어 퍼뜨리는 칡꽃 향기 육십 평

꽃잎 열기 이틀 전 백도라지 줄기의 슬픈 미동微動 두 치 반

외딴집 양철지붕을 두드리는 소낙비의 오랏줄 칠만 구천 발

한 차례 숨죽였다가 다시 우는 매미 울음 서른 되

고니의 시작詩作

고니 떼가 강을 거슬러 오르고 있다
그 꽁무니에 물결이 여럿 올올이
고니 떼를 따라가고 있다
가만, 물결이 따라가고 있는 게 아니다
강 위쪽에서 아래쪽까지 팽팽하게 당겨진
수면의 검은 화선지 위에
고니 떼가 붓으로 뭔가를 쓰고 있는 것,
붓을 들어 뭔가를 쓰고 있지만
웬일인지 썼다가 고요히 지워버리고
또 몇 문장 썼다가는 지우고 있는 것이다
저 문장은 구차한 형식도 뭣도 없으니
대저 만필漫筆이라 해야 할 듯,
애써 무릎 꿇고 먹을 갈지 않고
손가락 끝에 먹물 한 점 묻히지 않는
평생을 쓰고 또 써도 죽을 때까지
얇은 서책 한 권 내지 않는 저 고니 떼,
이 먼 남쪽 만경강 하구까지 날아와서
물 위에 뜻 모를 글자를 적는 심사를
나는 사사해야 하지 않겠는가?
그렇게 쓰고 또 쓰는 힘으로

고니 떼가 과아니, 과아니, 하며
한꺼번에 붓대를 들고 날아오르고 있다
허공에도 울음을 적는 저 넘치는 필력을
나는 어찌 좀 배워야 하지 않겠는가?

해찰

봄날, 병아리가 어미 꽁무니를 쫓아가고 있다
나란히 되똥되똥 줄 맞춰 가고 있다

연둣빛 풀밭은 병아리들 발바닥을 들어올려 주느라 바쁘다
꽃이 진 자리에 꽃씨를 밀어 올리느라 민들레꽃도 바쁘다

민들레 꽃대 끝에 웬 솜털 같은 눈이 내렸나?
병아리 한 마리 대열에서 이탈해 한눈을 팔고 있다

그리고는 꽃씨에다 노란 부리를 톡, 대어 본다
병아리는 햇빛을 타고 날아간다
허공에다 발자국을 콕콕 찍으며 하늘하늘 날아간다

가을의 소원

적막의 포로가 되는 것

궁금한 게 없이 게을러지는 것

아무 이유 없이 걷는 것

햇볕이 슬어놓은 나락 냄새 맡는 것

마른 풀처럼 더 이상 뻗지 않는 것

가끔 소낙비 흠씬 맞는 것

혼자 우는 것

울다가 잠자리처럼 임종하는 것

초록을 그리워하지 않는 것

일기

오전에 깡마른 국화꽃 웃자란 눈썹을 가위로 잘랐다

오후에는 지난여름 마루 끝에 다녀간 사슴벌레에게 엽서를
써서 보내고

고장 난 감나무를 고쳐주러 온 의원醫員에게 감나무 그늘
의 수리도 부탁하였다

추녀 끝으로 줄지어 스며드는 기러기 일흔세 마리까지
세다가 그만두었다

저녁이 부엌으로 사무치게 왔으나 불빛 죽이고 두어 가지
찬에다 밥을 먹었다

그렇다고 해도 이것 말고 무엇이 더 중요하다는 말인가

북항

나는 항구라 하였는데 너는 이별이라 하였다
나는 물메기와 낙지와 전어를 좋아한다 하였는데
너는 폭설과 소주와 수평선을 좋아한다 하였다
나는 부캉, 이라 말했는데 너는 부강, 이라 발음했다
부캉이든 부강이든 그냥 좋아서 북항,
한자로 적어본다, 북항北港, 처음에 나는 왠지 북北이라는
글자에 끌렸다 인생한테 패할 수 있을 것 같았다
어디로든지 쾌히 달아날 수 있을 것 같았다
모든 맹서를 저버릴 수 있을 것
같았다 배신하기 좋은 북항,
불 꺼진 삼십 촉 알전구처럼 어두운 북항,
포구에 어선과 여객선을 골고루 슬어놓은 북항,
이 해안 도시는 따뜻해서 싫어 싫어야 돌아누운 북항,
탕아의 눈 밑의 그늘 같은 북항,
겨울이 파도에 입을 대면 칼날처럼 얼음이
해변의 허리에 백여 빛날 것 같아서
북항, 하면 아직 블라디보스토크로 가는 배편이
있을 것 같아서 나를 버린 것은 너였으나
내가 울기 전에 나를 위해 뱃고동이 대신 울어준
북항, 나는 서러워져서 그리운 곳을 북항이라
하였는데 너는 다시는 돌아오지 못한다 하였다

매화꽃 목둘레

수백 년 전 나는 빨간 목도리를 두르고 마을에 나타난 나
어린 계집 하나를 지극히 사랑하였네 나는 계집을 분盆에다
심어 방 안에 들였네

하루는 눈발을 보여주려고 문을 열었더니 계집은 제 발
로 마루 끝으로 걸어나갔네 눈발은 혀로 계집의 목을 빨고
핥았네 계집의 목둘레는 얼룩이 져서 옥골빙혼玉骨氷魂이라
쓰고 빙기옥골氷肌玉骨이라 쓴 옛 시인들을 희롱하였네 그러
다 계집은 그만 고뿔에 걸리고 말았네

그날 나는 계집의 목둘레를 닦으려고 붓을 들었으나 붓
끝만 살에 닿아도 싸락눈처럼 울었네 또 나는 붓을 들어 한
편의 시를 쓰려 하였으나 식솔들이 나를 매화치梅花痴라 비
웃으며 수군대는 소리가 마당을 건너왔네

나는 늙었네 늙어 초췌해진 면상을 차마 계집에게 보일
수 없었네 생의 목둘레선은 끔찍이 외로워질 때 또렷해지는
법이어서 나는 아래채로 계집의 거처를 따로 옮겼네 나의
혹애酷愛는 서성거리는 발소리로 건너갈 것이었네

그해 섣달 초이렛날, 나는 매화 분盆에 물을 주라 겨우 이
르고 나서 아득하여 눈을 감았네 그리하여 매화꽃은, 매화
꽃은 목둘레만 남았네

사라진 똥

뒷산에 들어가 삽으로 구덩이를 팠다 한 뼘이다

쭈그리고 앉아 한 뼘 안에 똥을 누고 비밀의 문을 마개로
잠그듯 흙 한 삽을 덮었다 말 많이 하는 것보다 입 다물고
사는 게 좋겠다

그리하여 감쪽같이 똥은 사라졌다 나는 휘파람을 불며
산을 내려왔다

—똥은 무엇하고 지내나?

하루 내내 똥이 궁금해

생각을 한 뼘 늘였다가 줄였다가 나는 사라진 똥이 궁금
해 생각의 구덩이를 한 뼘 팠다가 덮었다가 했다

5

수제비

비 온다
찬 없다

온다간다 말없다

처마 끝엔 낙숫물
헛발 짚는 낙숫물

개구리들 밥상 가에
왁자하게 울건 말건
밀가루 반죽 치대는
조강지처 손바닥
하얗게 쇠든 말든

섰다 패를 돌리는
저녁 빗소리

갱죽

하늘에 걸린 쇠기러기
벽에는 엮인 시래기

시래기에 묻은
햇볕을 데쳐

처마 낮은 집에서
갱죽을 쑨다

밥알보다 나물이
많아서 슬픈 죽

훌쩍이며 떠먹는
밥상 모서리

쇠기러기 그림자가
간을 치고 간다

물메기탕

변산 모항 쪽에 눈 오신다 기별 오면 나 휘청휘청 갈까 하네

귓등에 눈이나 받으며 물메기탕 끓이는 집 찾아 갈까 하네

무처럼 희고 둥근 바다로 난 길 몇 칼 냄비에다 썰어 넣고

주인이 대파 다듬는 동안 물메기탕 설설 끓어 나는 괜히 서럽겠네

눈 오신다 하기만 하면 근해近海의 어두운 속살 같은 국그 릇에 코를 박고

한쪽 어깨를 내리고 한 숟가락 후루룩 떠먹고

떠돌던 눈송이 툇마루 끝에 내려앉는 것 한번 보고

여자가 옆에 있어도 좋고 없어도 좋다는 생각을 하겠네

변산 모항 쪽에 눈 오신다 하기만 하면

그 집 뒤뜰의 사과나무

적게 먹고 적게 싸는 딱정벌레의 사생활에 대하여
불꽃 향기 나는 오래된 무덤의 입구인 별들에 대하여
푸르게 얼어 있는 강물의 짱짱한 하초下焦에 대하여
가창오리들이 떨어뜨린 그림자에 잠시 숨어들었던 기억에
대하여

나는 어두워서 노래하지 못했네
어두운 것들은 반성도 없이 어두운 것이어서

열몇 살 때 그 집 뒤뜰에
내가 당신을 심어놓고 떠났다는 것 모르고 살았네
당신한테서 해마다 주렁주렁 물방울 아가들이 열렸다 했네
누군가 물방울에 동그랗게 새겼을 잇자국을 떠올리며
미어지는 것을 내려놓느라 한동안 아팠네

간절한 것은 통증이 있어서
당신에게 사랑한다는 말 하고 나면
이 쟁반 위 사과 한 알에 세 들어 사는 곪은 자국이
당신하고 눈 맞추려는 내 눈동자인 것 같아서

혀 자르고 입술 봉하고 멀리 돌아왔네

나 여기 있고, 당신 거기 있으므로
기차 소리처럼 밀려오는 저녁 어스름 견뎌야 하네

국화꽃 그늘과 쥐수염붓

국화꽃 그늘이 분盆마다 쌓여 있는 걸 내심 아까워하고
있었다
하루는 쥐수염으로 만든 붓으로 그늘을 쓸어 담다가
저녁 무렵 담 너머 지나가던 노인 두 사람과 만나게 되었다
한 사람이 국화꽃 그늘을 얼마를 주면 팔 수 있느냐고 물었다
또 한 사람은 붓을 팔 의향이 없냐고 흥정을 붙였다
나는 다만 백년을 쓸어 모아도 채 한 홉을 모을 수 없는
국화꽃 그늘과
쥐의 수염과 흰 토끼털을 섞어 만든 붓의 내력에 대해 말
해주었다
그 대신 구워서 말려놓은 박쥐 몇 마리와 박쥐의 똥 한 홉,
게으른 개의 귓속에만 숨어 사는 잘 마른 일곱 마리의 파리,
입동 무렵 해 뜨기 전에 채취한 뽕잎 일백이십 장, 그리고
술에 담가놓았다가 볶아 가루로 만든 깽깽이풀뿌리를 내
어놓았다
두 노인은 그것들을 한번 내려다보더니 자신들은 약재상
藥材商이 아니라 했다
그러고는 바삭바삭 소리가 날 것 같은 국화꽃 그늘에 귀
를 대보고
쥐수염붓을 오래 만지작거리더니 가을볕처럼 총총 사라졌다
그렇게 옛적 시인들이 나를 슬그머니 찾아온 적이 있었다

106

직소폭포

저 속수무책, 속수무책 쏟아지는 물줄기를 바라보고 있으면 필시 뒤에서 물줄기를 훈련시키는 누군가의 손이 있지 않고서야 벼랑을 저렇게 뛰어내릴 리가 없다는 생각이 드오 물방울들의 연병장이 있지 않고서야 저럴 수가 없소

저 강성해진 물줄기로 채찍을 만들어 휘두르고 싶은 게 어찌 나 혼자만의 생각이겠소 채찍을 허공으로 치켜드는 순간, 채찍 끝에 닿은 하늘이 쩍 갈라지며 적어도 구천 마리의 말이 푸른 비명을 내지르며 폭포 아래로 몰려올 것 같소

그중 제일 앞선 한 마리 말의 등에 올라타면 팔천구백구십구 마리 말의 갈기가 곤두서고, 허벅지에 핏줄이 불거지고, 엉덩이 근육이 꿈틀거리고, 급기야 앞발을 쳐들고 뒷발을 박차며 말들은 상승할 것이오 나는 그들을 몰고 내변산 골짜기를 폭우처럼 자욱하게 빠져나가는 중이오

삶은 그리하여 기나긴 비명이 되는 것이오 저물 무렵 말발굽 소리가 서해에 닿을 것이니 나는 비명을 한 올 한 올 풀어 늘어뜨린 뒤에 뜨거운 노을의 숯불 다리미로 다려 주름을 지우고 수평선 위에 걸쳐놓을 것이오 그때 천지간에 북소리가 들리는지 들리지 않는지 내기를 해도 좋소 나는 기꺼이 하늘에 걸어둔 하현달을 걸겠소

파종의 힘

옥수수 서너 알을 땅에 묻었다
이놈들이 땅거죽을 뚫고 올라오나 안 올라오나 궁금해하
는 동안 자꾸 겨드랑이가 가려웠다
내 겨드랑이에 병이 든 게 틀림없다고 생각했다

나 혼자 앓는 병은 밤하늘에 뿌려놓은 의심처럼 많은 것
이어서
나 혼자 앓는 병은 빗방울이 땅을 갉아먹을 때처럼 아까
운 것이어서
나 혼자 앓는 병은 귓가에 여치 소리를 달고 있는 옥수수
수염을 미리 상상하는 것처럼 성급한 것이어서

여러 날이 지난 뒤 땅속에 숨어 있던 새가 연둣빛 부리를
내밀었다
이 뾰족한 부리들이
내 무릎을 쪼아 먹고 내 허리를 쪼아 먹고 내 눈썹을 쪼
아 먹는 날이 언제일까 궁금해하는 동안 내 머리카락은 수
시로 서걱거렸다
밤 기차가 옥수수 줄기 끝 수꽃을 타고 오르는 꿈을 꾸었다

내 상상은 피의 두더지들이 지나간 손등의 핏줄같이 푸
르스름하여서
　내 상상은 거처가 없고 처자식도 봉양할 부모도 없고 오
로지 흔들리는 그림자만 있어서
　내 상상은 죽도록 사랑할 애인도 없고 이별 따윈 더더욱
없고 옥수숫대의 종아리만 있어서

　나는 누군가 나에게 흔들리는 옥수수 그림자를 경작하는
사람이라고 불러주었으면 좋겠다고 생각했다
　왜 하필 그런 생각을 하느냐고 물으면
　간신히 이를 가지런히 내보이며 파종의 힘을 말해야겠다
고 생각했다

초승달과 바구지꽃과 짝새와 당나귀가 그러하듯이

당신의 그늘을 표절하려고 나는 밤을 새웠다

저녁 하늘에 초승달이 낫을 걸어놓고 모가지를 내놓으라
하면 서쪽으로 모가지를 내밀었고, 달빛의 헛구역질을 받아
먹으라고 하면 정하게 두 손으로 받아먹었다

오직 흔들리는 힘으로 살아가는 노란 꽃의 문장을 쓰다
가 가늘게 서서 말라가도 좋다고 생각한 것은 바구지꽃이
피는 유월이었다

내 사랑은 짝새의 눈알만큼만 반짝이는 것이었으나, 그러
나 내 사랑은 또한 짝새가 날아가는 공중의 높이만큼 날개
아래 파닥거리는, 사무치게 떨리는 귀한 것이었다

그러므로 이제 나는 저 재바른 차를 폐차시키겠다, 귀가
순하고 소심한 노구의 당나귀나 한 마리 사서 한평생 당신
을 싣고 다니는 게으른 노역이 주어진다면 쾌히 감당하겠다

눈썹이 하얗게 센 뒤에 펜을 잡고 한 줄을 쓰고, 열두 밤
을 지나 그다음 문장으로 건너간다고 해도

재테크

한 평 남짓 얼갈이배추 씨를 뿌렸다
스무 날이 지나니 한 뼘 크기의 이파리가 몇 장 펄럭였다
바람이 이파리를 흔든 게 아니었다, 애벌레들이
제 맘대로 길을 내고 똥을 싸고 길가에 깃발을 꽂는 통에
설핏 펄럭이는 것처럼 보였던 것
동네 노인들이 혀를 차며 약을 좀 하라 했으나
그래야지요, 하고는 그만두었다
한 평 남짓 애벌레를 키우기로 작심했던 것
또 스무 날이 지나 애벌레가 나비가 되면 나는 한 평 얼
갈이배추밭의 주인이자 나비의 주인이 되는 것
그리하여 나비는 머지않아 배추밭 둘레의 허공을 다 차
지할 것이고
나비가 날아가는 곳까지가, 나비가 울타리를 치고 돌아오
는 그 안쪽까지가
모두 내 소유가 되는 것

아득하기만 한 당신

눈발 성긋성긋 날리는데 우편배달부 오토바이 소리
들리나, 안 들리나 감나무 가지 끝에 귀를 매달아두고 있
었지

석유난로 계량기 눈금이 수평이 되도록 단 한 줄도 쓰지
못했으나
겨우내 나는 토끼의 뿔과 노루의 좆이 궁금했지

헬리콥터가 숲 위로 날아갈 때
헬리콥터 그림자가 푸드덕거리며 떨어져내려
오리나무는 옹송그려 쥐고 있던 새순을 그만 탁, 펼쳐놓
았고

마치 처녀의 치마 속에 든 것 같은 착각에 빠졌던 것은
처녀치마라는 꽃을 처음 만난 날

외상 한 푼 달아놓지 않은 이슬의 가게,
새벽에 지나갈 때마다 미안해서 주인하고 눈을 맞출 수
없었지

보이는 화병에 꽂아둔 백합이 말라가면
보이지 않는 화병 속 줄기는 썩고 있다는 뜻이었지

여름 저녁 만경들 보릿짚 타는 냄새는
무려 구십만 평이었고, 이슥해지면
툇마루 끝에서 아랫도리로 달을 얻어 아이를 낳고 싶었
는데

가슴이라는 말과 심장이라는 말을 구별해서 쓰는 북조선,
사리원 지나가면서 미 1기병사단이 제일 먼저 들어왔다
는 말
듣고 나서 나는 거기 늘 늦게 도착한다는 걸 알았지

아득하기만 한 당신아, 서정아, 이 몹쓸 년아,
너는 어느 유곽에서 또 몸을 팔고 있느뇨?

나비의 관정管井 공사 기술에 대한 보고서

나비의 몸속에는 보이지 않는 배관이 있다 그 배관의 길이와 펌프의 용량은 꽃대의 길이와 비례한다 꽃잎 속의 지하수량과 꽃대의 길이가 나비의 능력을 만들었다는 설도 있지만 확인이 불가능하다 꽃잎 속에 만만찮은 암반이 도사리고 있을 때 나비는 오래 꽃을 떠나지 않는 습성이 있다 암반 속에도 연못이 찰랑거릴 수 있다는 것을 나비는 알기 때문이다 다만 유채꽃이 수십만 평 흐드러져도 정착하지 못하고 국외 망명자처럼 떠도는 나비들이 많다는 건 큰 문제다 저 소음도 흙탕물도 없는 관정 공사 기술이란 지구상에 거의 유일무이한 탓이다

파꽃

이 세상 가장 서러운 곳에 별똥별 씨앗을 밀어올리느라
다리가 퉁퉁 부은 어머니,

마당 안에 극지極地가 아홉 평 있었으므로

아, 파꽃 앞에 쪼그리고 앉아서 나는 그냥 혼자 사무치자

먼 기차 대가리야, 흰나비 한 마리도 들이받지 말고 천천
히 오너라

안 도 현

연 보

1961년 경북 예천군 호명면 황지동 523번지 소망실에서
태어남.

1973년 경북 안동 풍산국민학교를 다니다가 6학년 때 대구
아양국민학교로 전학해 졸업.

1977년 경북대학교사범대학부속중학교 졸업.

1977년 대구 대건고등학교에 입학, 문예반 <태동기문학동
인회>에 가입하여 문학공부를 시작함. 학원문학상을
비롯하여 각종 백일장과 문예공모 수십 차례 수상.

1981년 대구매일신문 신춘문예에 시 「낙동강」 당선.

1984년 동아일보 신춘문예에 시 「서울로 가는 전봉준」 당선.
원광대학교 국어국문학과 졸업. 육군 방위병 복무.

1985년 이리중학교 국어교사로 부임. 첫 시집 『서울로 가
는 전봉준』(민음사) 출간. 김백겸, 고형렬, 양애경,
김경미, 고운기 등과 <시힘> 동인 활동 시작.

1989년 두 번째 시집 『모닥불』(창작과비평사) 출간.
전국교직원노동조합에 가입했다는 이유로 해직.

1991년 세 번째 시집 『그대에게 가고 싶다』(푸른숲) 출간.

1994년 전북 장수 산서고등학교로 복직. 네 번째 시집 『외
롭고 높고 쓸쓸한』(문학동네) 출간.

1996년 제1회 시와시학 젊은 시인상 수상. 어른을 위한 동
화 『연어』(문학동네) 출간.

1997년 2월에 교사직을 그만 두고 전업작가 생활을 시작함.
다섯 번째 시집 『그리운 여우』(창작과비평사) 출간.

1998년 제13회 소월시문학상 수상. 어른을 위한 동화『관
　　　계』(문학동네), 사진첩(거리문학제), 산문집『외로
　　　울 때는 외로워하자』(샘터) 출간.

1999년 여섯 번째 시집『바닷가 우체국』(문학동네) 출간.

2000년 어른을 위한 동화『짜장면』(열림원) 출간. 제4회 원
　　　광문학상 수상.

2001년 어른을 위한 동화『증기기관차 미카』(문학동네) 출
　　　간. 일곱 번째 시집『아무 것도 아닌 것에 대하여』
　　　(현대문학북스) 출간. 제1회 노작문학상 수상.

2002년 산문집『사람』(이레) 출간. 그림동화책『만복이는
　　　풀잎이다』『이 세상에서 가장 먼 곳』『만복이는 왜
　　　벌에 쏘였을까』『얼레꼴레 결혼한대요』『제비와
　　　제트기』(태동출판사) 출간. 대만 晨星出版에서『炸
　　　醬麵』과『鮭魚』번역 출간. 제1회 노작문학상 수상.

2003년 어른을 위한 동화『민들레처럼』(이룸) 출간. 중국
　　　哈爾濱出版社에서『炸醬麵』, 중국 接力出版社에서
　　　『鮭魚』, 일본 靑春出版社에서 『幸せのねむる川』,
　　　일본 靑樹社에서 21世紀世界詩人選書『氷蟬』번역
　　　출간. 2003 올해의 문장상 수상.

2004년 어른을 위한 동화『나비』(리즈앤북) 출간. 여덟 번째
　　　시집『너에게 가려고 강을 만들었다』(창비) 출간.

2005년 일본 서진사에서 산문집『小さく、低く、ゆっくりと』
　　　번역 출간. 제12회 이수문학상 수상.

2006년 그림동화 『관계』(계수나무) 출간. 인물이야기 『전
봉준』(산하) 출간.

2007년 동시집 『나무 잎사귀 뒤쪽 마을』(실천문학사) 출간.
독일 PENDRAGON 출판사에서 『Silberlachs』 번
역 출간. 그림동화 『연어』(문학동네) 출간. 제2회
윤동주상 문학부문 수상.

2008년 아홉 번째 시집 『간절하게 참 철없이』(창비) 출간.
태국 Nanmeebooks Publication 출판사에서 『Sal
mon』 번역 출간, 프랑스 Editions Philippe Picqui
er에서 『Saumon』 번역 출간. 불교동화 『호미를 먹
는 쥐』(파랑새어린이) 출간.

2009년 시작법 『가슴으로도 쓰고 손끝으로도 써라』(한겨레
출판) 출간. 불교동화 『똥으로 무장한 멧돼지』 『왕
의 마음을 바꾼 금빛 사슴』(파랑새어린이) 출간. 프
랑스 Editions Philippe Picquier에서 그림책 『Sau
mon』 번역 출간. 제11회 백석문학상 수상.

2010년 어른을 위한 동화 『연어이야기』(문학동네) 출간. 동
시집 『냠냠』(비룡소) 출간. 코스타리카에서 스페인
어판 시선집 『A post office by the sea』 번역 출간.

2011년 단국대학교 대학원 문예창작과 졸업(박사).

2012년 열 번째 시집 『북항』(문학동네) 출간. 제4회 임화문
학예술상 수상.

2013년 이야기동시 그림책 『오소리와 벼룩』(미세기) 출간.
현재 우석대학교 문예창작학과 교수로 재직 중.

〖한국대표명시선100〗을 펴내며

한국 현대시 100년의 금자탑은 장엄하다. 오랜 역사와 더불어 꽃피워온 얼·말·글의 새벽을 열었고 외세의 침략으로 역경과 수난 속에서도 모국어의 활화산은 더욱 불길을 뿜어 세계문학 속에 한국시의 참모습을 드러내게 되었다.

이 나라는 글의 나라였고 이 겨레는 시의 겨레였다. 글로 사직을 지키고 시로 살림하며 노래로 산과 물을 감싸왔다. 오늘 높아져 가는 겨레의 위상과 자존의 바탕에도 모국어의 위대한 용암이 들끓고 있음이다.

이제 우리는 이 땅의 시인들이 척박한 시대를 피땀으로 경작해온 풍성한 시의 수확을 먼 미래의 자손들에게까지 누리고 살 양식으로 공급하는 곳간을 여는 일에 나서야 할 때임을 깨닫고 서두르는 것이다.

일찍이 만해는 「님의 침묵」으로 빼앗긴 나라를 되찾고 잃어가는 민족정신을 일으켜 세우는 밑거름으로 삼았으며 그 기룸의 뜻은 높은 뫼로 솟아오르고 너른 바다로 뻗어 나가고 있다.

만해가 시를 최초로 활자화한 것은 옥중시 「무궁화를 심고자」(≪개벽≫ 27호 1922. 9)였다. 만해사상실천선양회는 그 아흔 돌을 맞아 만해의 시정신을 기리는 일의 하나로 '한국대표명시선100'을 펴내게 된 것이다.

이로써 시인들은 더욱 붓을 가다듬어 후세에 길이 남을 명편들을 낳는 일에 나서게 될 것이고, 이 겨레는 이 크나큰 모국어의 축복을 길이 가슴에 새겨나갈 것이다.

만해사상실천선양회

한국대표명시선100 │ 안 도 현

파 꽃

1판1쇄 발행 2013년 7월 25일
1판6쇄 발행 2024년 5월 21일

지 은 이 안 도 현
뽑 은 이 만해사상실천선양회
펴 낸 이 이 창 섭
펴 낸 곳 시인생각
등 록 번 호 제2012-000007호(2012.7.6)
주   소 고양시 일산동구 호수로 688. A-419호
         ㉾10364
전   화 050-5552-2222
팩   스 (031)812-5121
이 메 일 lkb4000@hanmail.net

값 6,000원

ⓒ 안도현, 2013

ISBN 978-89-98047-79-5 03810